HARRY POTTER

ACTIVITY BOOK

Chandler Bing

Coloring by Numbers

HERMIONE & CROOKSHANKS

1 YELLOW **3** BROWN **5** RED **7** WHITE

2 ORANGE **4** BLACK **6** GRAY

Word Search

T	H	A	D	R	I	D	K	S	F
D	E	W	U	D	H	Y	V	L	L
G	M	V	M	U	Q	B	J	U	X
A	Y	V	B	J	O	L	S	N	W
Q	X	W	L	R	G	Y	P	A	R
V	K	H	E	D	W	I	G	I	T
J	R	F	D	K	T	B	X	K	G
M	C	G	O	N	A	G	A	L	L
R	W	Q	R	M	F	V	M	T	A
U	O	S	E	V	H	R	O	N	E

LUNA   HEDWIG   DUMBLEDORE
HADRIG   MCGONAGALL   RON

Find 5 Difference

HOW MANY GAME

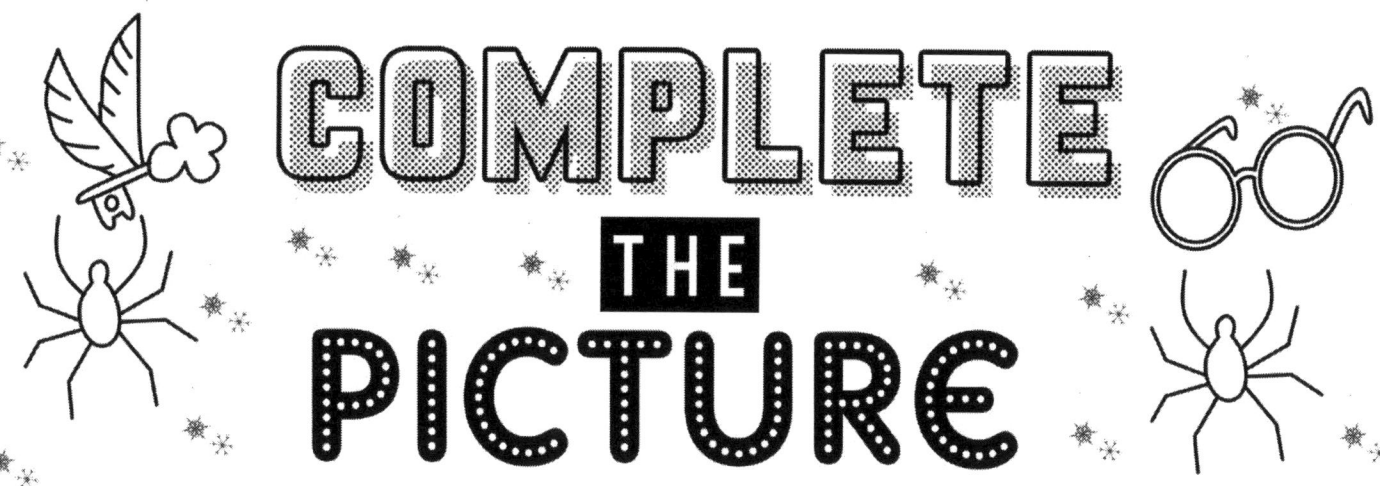

HALVES GAME

HOW MANY GAME

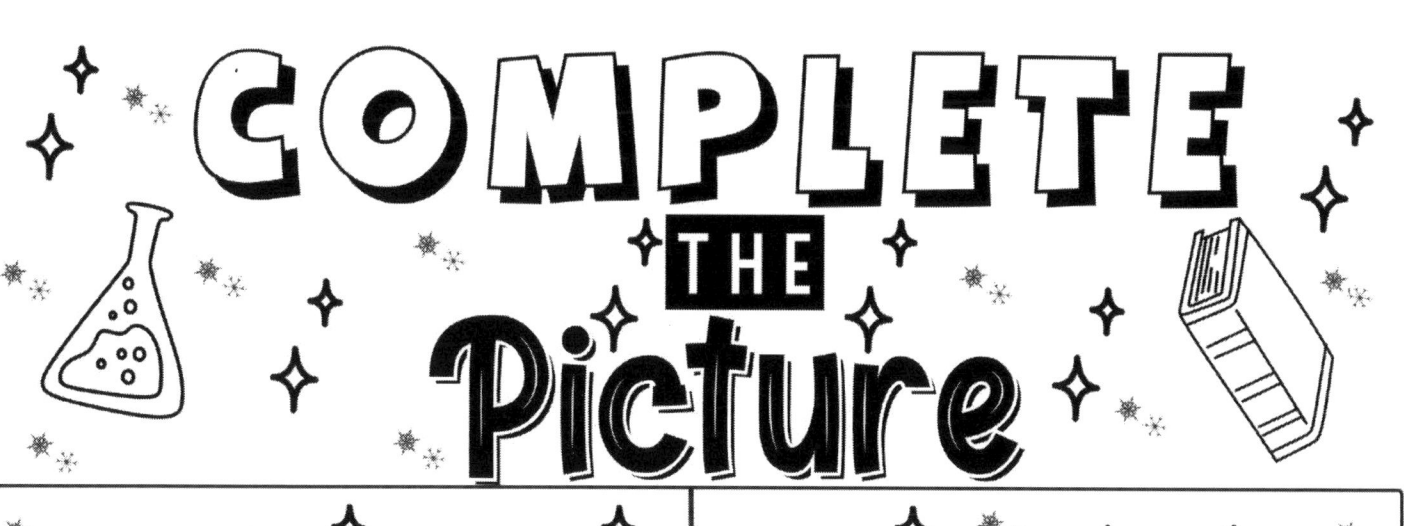

Connect the Dots

Find the correct SHADOW

FIND the PAIR

WORD SEARCH

FANG **POTION** **CROOKSHANKS** **VOLDEMORT**

S	N	I	T	C	H	S	Z	V	U	P
Q	R	F	G	V	B	R	O	O	M	O
D	U	I	Y	L	I	L	Y	I	F	T
V	P	W	A	N	D	P	G	Q	G	I
X	Z	T	U	E	V	T	R	X	P	O
S	G	B	M	Z	Q	G	B	F	Z	N
I	L	O	N	S	T	E	D	A	S	B
C	R	O	O	K	S	H	A	N	K	S
T	M	V	Z	U	B	Q	M	G	J	Z

WAND **SNITCH** **BROOM**

MAZE GAME

Help Harry to find right way to Hedwig!

Find 7 Difference

Word Search

DOBBY

HARRY

NEVILLE

G	I	N	N	Y	Q	F	M	H
F	H	J	U	M	I	P	E	A
D	N	E	D	R	W	A	R	R
O	B	I	R	H	M	H	B	R
B	D	K	A	M	E	Z	M	Y
B	E	Q	C	J	I	U	V	Y
Y	U	L	O	P	L	O	T	W
P	A	M	R	A	Q	X	N	R
Q	X	F	B	Y	J	D	V	E
N	E	V	I	L	L	E	Z	A

DRACO

GINNY

HERMIONE

Dot to Dot

Addition and Subtraction Game

Luna + Harry = ☐   Luna − Hermione = ☐

Harry − Ron = ☐   Ron + Hermione = ☐

Hermione + Ron = ☐   Ron − Harry = ☐

Luna − Ron = ☐   Harry + Luna = ☐

Ron = 5   Harry = 10   Luna = 26   Hermione = 12

Coloring by Numbers

MCGONAGALL

1 GREEN
2 GRAY
3 BLACK
4 WHITE
5 BROWN
6 RED
7 YELLOW

COLORING

Addition AND Subtraction GAME

Find the correct SHADOW

MORE or LESS GAME

12 ☐ 3   23 ☐ 4

9 ☐ 5   15 ☐ 16

18 ☐ 21   20 ☐ 13

25 ☐ 7   11 ☐ 27

Coloring by Numbers

DUMBLEDORE

1 GRAY **3** BLUE **5** BLACK
2 BROWN **4** VIOLET **6** WHITE

Printed in Great Britain
by Amazon